JN117441

半世界の

北條裕子

思潮社

半世界の

北條裕子

思潮社

半世界の

北條裕子

目次

扉画＝井田光圓
装幀＝思潮社装幀室

半世界の

花茨

夜　眠っている場所から
ふと　別の扉をあけて
暗闇を　くるまるようにまとい
また海に　逢いに行く
名づけたものは
二度と還ることなく
ひとひらに　散っていって

丘の上に上がり

遠くを眺め
瞑い海の上にすべる船を　みつけたとき
ふたたび　幼年時代に戻っていった
白い布のしめり
かすかな裏返し
風の幅広な一撃
先端が　わずかに紅い蕾をみつめながら
花茨を体に食いこませ
その痛みに　耐えていたか

殺意が咽喉もとを
締めあげ
そっと　添える
ねじれた水のしたたり

水の奥に消えていく
濡れた毛髪の幾筋が　目指す行き先

そこに手を振れよ
遠い面影の鳥よ
その傷口に　荒れた首筋をさし出せ

水底

ない腕が痛むのは　と
指を水にさらして
その震えをみつめる
梅花藻《ばいかも》の生息する
きれいな水の底に
今日いちにちが　沈んでいる

すり減ることが生きること
ほんとうに？

好きだから　こんなに寂しい
ほんとうに？
水のゆらめく　その底の底を眺め
遠くから聴こえてくる声を　うけとり
身体の内側から
充分に　生臭く
息が吐き出されているのを　確かめ
いたたまれなさに
ない腕を　流れにさしこむ

水がしたたって
いつまでもしたたって
かたちのない腕が
血の色に染まった

年縞・みずうみ

イントカル
さんご　鍾乳石　氷　樹木

自分の手の甲の　親指のつけ根
角ばっている骨の部分を
無意識に　さすっていると
いつのまにか　どこか　遠くの島に行きついた
みずうみに浮かんでいる　大昔の島だ
古代の肉食の鳥が鳴いている

いつも足で踏みつけている泥の中に
驚くほど傷のない
アンモナイトの化石が
眠っていて

一瞬のうちにふたたび　今
部屋のイスに向きあって　ぼくの前に座っている　きみ
きみも遠くに行って
また戻ってきた様子だ
髪に炭素の黒い粉がついている
ふたりして　別々に旅をして
ようやく巡りあったような

長いこと　どこに行っていたの
ぼくは　身をふたつに切り裂かれて
きみとぼくとの間にある
この遠い谷を渡っていた　というのに

でも　いいだろう
ぼくはもう　昨日の泣き声は
置き忘れて
遥か空の彼方にかかった
ぼんやりした霞や靄の　ようなものを
しきりに追いはじめている
みずうみの水底深く
溜まっている年縞を　眠らせて
また　どこかにたどりつく網を　投げている

声・遠くからの

この町の真ん中に
清水の流れこむ溜りがあり
かつて　そこに女たちが
洗濯物を持ってあつまってきた
笑いさざめきながら

アビガン

鹿や野鳥が　ゆきのなかで

地表の熱を感じとるために
じいっと　うずくまっている
静かなものの降る日
目を遠くに　放って
やってくるものを待っている

私もいつか　そこに行く

レムデシビル

古桜の大木と竹が生い茂る藪は
あの頃　かけまわった場所
こころの蓋をあけると
遠い野原が広がる

デキサメタゾン

誰もいない観客席には
イルカの跳ねる
水しぶきの音だけが響いていました

バルトーク　弦楽四重奏曲

運命が互い違いに
かたい金属盤のように
組みあわさって
あなたに手を
伸ばして

今日
アジアの大きなひらたい国の
北のはずれの町で
蝙蝠が
籠の下で
そっと
爪をはずした

果てまで

毎日　毎日　雨雪が　落ちてくる
ああ　ああ　ああ
ここの冬は　こんなに　暗かったのか
水底に潜んでいるような

雨雪が降ってくると
ずっと　以前から
こうやって　重たるい空の下で
分厚い雲を見あげながら

生きてきた気がする
風も　冷たく
それに嬲られながら
坂道をなぞるように　下って

もうすぐで　もうすぐで
届く
水底に
そう思って
日々を過ごす
身体にまとわりつく　湿度
空から落ちてくる　たくさんの
頬を　ななめに　切って

剃刀で削ぐように
そこのところの耳に
遠くの国での　爆撃の音が　届いた

今　こんな時に　この地上で
行われている　殺戮
首謀者が　鉛色の目を据えて
侵攻を指示する

雨と雪が降りしきる
夜の中有に
片手を　伸ばす

もうすぐで

もうすぐで　と
脈打つ
自分の心臓の在処を

もう一方の手で
ごわごわした衣服の上から
確かめながら

蕊

木々の間を
鳥の黒い命の固まりが
五・六個　飛び移って行く
音もたてず
ひと刷毛の動きで

水に浮いている時は
たゆたって
緩慢に移動していた

その　鳥たちを　その　動きを
見ている

きみを殺して
ぼくも死のうと思ったわけではないのだが
振り上げた腕を　どこにも下ろせなくて
崩おれそうになった朝だ

くすんだ白の花弁が　皆　散ってしまって
残された蕊
薄曇りの空に
どこまでもひろがる絶望の襞が
ぼくの行き先を阻む
吹きつける雨も風も　砂にまみれている

ぼくの湿度には
誰も手をつけられない
砂に埋もれて　死にたくはないけれど
砂に埋もれて　生きることはたやすい

遠くからやってくる尋ね人を
待つことなく　ふたたび開こうとする花弁
もうここにくることはないが
本当にここから離れていくのか

信号

チカチカと
赤と青のシグナルが交互に
ついたり消えたりしている
近づいたらだめ　近づいたらだめ
きみはそこに突っ立っているんじゃない
線路がうねって　暗い夜の向こうに続いていて
きみをどこかに連れて行こうとしている
近よったらだめ

きみは止血のしかたがとても上手
止血は不器用でもできる

寂しさには理由がない
心臓の斜め上を薄く削いで
音が入ってくる
きみはぼくの化膿止め　体言止め

きみは嘘も上手です
きみは嘘が好きです
ぼくは嘘が下手です
ぼくは嘘が嫌いです

緑の濃い中にめらめらと赫い松明が燃え　緑と火が綯い交ぜになっていく　読みあげ

られる密な経が心を煽っていく　寂しさには理由がある　ここにきみはいない　どこにもきみはいない　もう逢うことはない　きみはまだ生きてはいるが　いつ死んでくれるの　寂しさには理由がない　きみになど逢いたくはない　ぼくにとって　きみとは何だったのだろう　音となって伝う経が　ほの暗い森で　開け放された社の　空ろの黒闇を漂っている　ぼくの知らない時間を過ごしているきみを　許すことなど到底できない　きみの虚ろを満たすため　ぼくがいたんじゃなかったのか

経が香の匂いとともにうねって
ぼくのところに届いてきたあの日から
ずっと時間がたった夜
線路脇で
シグナルがまたチカチカとまたたき始める
ぼくはぼんやりとそれをみつめる

冬空

きみに沿っていくと　嘘をつくことで　ほんとうを示したくなる　きみに初めて会ったときから　瞬時に　ぼくはぼく自身を　裏切ることがわかってしまった　きみのことは　恋じゃなかった　嫌悪という毒にまぶされて　きみを離れられなかったぼくを　許してほしい　ぼくは誰が溺れたのかを　冬の星座が輝く夜に　全て　忘れてしまった
寒い冬の日　きみとぼくは　壜に手を突っこんで　ジャムを食べたことがあったね
ジャムは充分に甘く　体内を満たしたけど　何だか物たりなかった
いつも食べても食べても　渇えて　苦しくて　ぼくはきみを捨てることを思いつい
た　きみを離れることで　少しずつ　たりないものを補える筈だ

ＪＲ線は明け方の空を走っているよ　ぼくは遠くまで行くことにした　ひとりになっても生きてはいけるのだろうけど　この羽の数で　冬を越えていくのは苦しい

この頃　鏡に映る自分が　まるきり他人に思えるようになった
眼を閉じると　水鳥の　生臭い匂いが　鼻腔一杯に広がる

明日は　もっと遠くに　行けるだろうか

きみを見限った空
たち腐れの空

通俗

風が四角に吹いてくる
いつかきみを徹底的にたたきのめしたら　きみはぼくを本当に　憎んでくれるようになるのだろうか　今　きみはぼくを無関心に愛してはいるけれど　それは単に　スマホを見ながら　ポテトチップスを頬ばってるようなものだ　肌は　皺寄せることができない　風が四角に吹いてくる　きみの発熱　きみの誠実　誰よりもきみを愛してはいたが当然のように　ひとりで眠る瞬間と　死ぬ瞬間はとてつもなく　寂しい

行った　冬の海を見に

荒れ狂う波のしぶきに　誰の声も聞こえなかった　千年後

もここでひとり　たちつくすのか　霙と雨は　降る時の音

が　違う　きみのこころが折れるのは　何時

相聞

西の空にある大きな眼が　赤く爛れて
震えながら抱きあうきみとぼくとを
みつめ
そびえ立つ　光に濡れた鉄塔は
町の隅々までをも　支配する
かつて　桜満開の夜が終わるころ
きみはたったひとりで
熱と汗にまみれて　目覚めた
そして家族はいつかいなくなることを

骨の髄液まで　思い知らされた

知ってる?
桜のはなびらが
風のかたちにつらなって　散るって

いつかぼくを置き去りにしてしまうから
わざと　何も教えてやらない
桜が経帷子の色をしていることや
きみが泣きながら　ぼくをもとめた夜
ぼくがひどくきみを憎んでいたこととかを

錦秋

紅葉が　出没する
車で山道を移動していると
突然　樹木の密集したあたりから
見え隠れして　あらわれる
湿気でまとわりつく大気と
黒ずんだ空を
押しあげて
散らばった金色の　布裂の間から

顔を出す

紅葉黄葉紅葉
黄葉紅葉黄葉
紅葉黄葉紅葉

いろづいた葉の下を　ひとのようなものが　通っていくが　それは目の錯覚か　木の
下隠れにいくのは　きみだったかもしれない　きみじゃないかもしれない　ここには
もうきみはいないのだろうか

山肌の黄葉の陰に
ふたたび　きみ　らしきひとが見え隠れする
目で追うといつのまにか　きみはいなくなる
きみがいない

どこにも　きみはいない
探しても　きみはいない
いったい　どこに　きみはいるのか

きみがいない　どこにもいない　この黄葉を一緒に見るべき　きみがいない　そもそも　きみとはいったい誰だったのか　ぼくにはきみの顔が思いだせない　黄色の布裂に沈んで　ひとのようなものが　また通り過ぎる　追いかけて　たどりつくことがぼくにはできるのか　山肌を駆け上がる深紅の紅葉　それを求めて　ぼくは途方にくれる

もうすぐこのあたりにも　夕暮れがくる
黄色も深紅も同様に　闇に黒くなる
とまどうぼくを　嘲笑うように
小刻みに　咽喉を震わせて

ふたたび　きみのような人影が　木の下闇を
駆け抜けていく

反転

きみはぼくを反転させる　きみの内臓から　水が溢れでて
避けようとしても　ぼくの顔にかかる　きみの内臓は透明
で　血も透きとおって　影を通す
水をはじきながら　きみは動いてゆく
ぼくは幾本もの白い筋にくるまれて　水面の微かな光を　目
指して　今　生まれ変わろうと　今度はぼく自身のちから
で　幾度も　幾度も　反転している
空疎な試みかもしれないが　かと言って　誰が　それを止め
ることができる?

月が照らす　この場所　突然　ぼくには　きみがわからなく
なる　でも　これまでぼくに　人をわかったためしが　一度
だってあっただろうか　こんなに身近にいるきみさえ

いったい　誰なのか

わかりきった輪郭がぼやけていく
つぶやきがきこえる
ぼくの耳もとでささやく声

ぼくのうしろで　曖昧に　ひとの立ちあがる気配がする　摑
まえようとして　ふりむくと　水に映ってできた影に　きみ
が増殖し　増えつづけ　増えつづけ　幾重にも　反転して
反転し　やがて　丘の上を　駆け上がるように　登っていく

光

光仰ぎ見る方向に　きみの傾げる首
きみは目を瞠るようにして
じっとみつめる　きみを見失ったぼくを
悲しむ素振りも

時間は後戻りができない
こんなことが今頃になってわかるなんて
それも
からだの奥底を搾りあげられるようなきつさで

わかるなんて
ぼくは　どうかしている

きみとぼくが　お互いを抱きしめあいながら　崖の上から転がり
落ちる　退屈しのぎにそんなことを思う　真昼もあった　重なり
あう部分から　他人ではない色が染み透ってきたこともあった
今は爪よりも遠い空になって　各々がいるんだけどもね

それは望んだことなんだよね
望んだことなんだよね　と
自分ひとり　強く　確認しながら
ぼくは歩いていく

景色の裏側　なかほどに

赫いぼろきれが
ぶらさがっている
ひらひらと　ひらひらと
芥を手繰り寄せている

いつかは泣いているきみの　汗を拭った　きみはいつも疲れて
いたね　でもそれは悪いことじゃない　きみの気弱な優しさは
目減りしていく貯金ほど　きみを苦しめるわけじゃない　立ち
直るには　夕方　線路の下をくぐり抜ければ　いい　姿勢を戻
した時　目についた鉄道草から　少しずつ　ちからをもらえる
筈だ

身を低く
構えて

少しずつ
何も　話さない
胸からも
首からも
滴るものは
くやしさの他には

日に背いて

空の雲から
危なげにぶらさがっている
ブランコ
漕げば　遠くに行けるだろう
空の奥　空の奥

今は冬なのか　春なのか
季節を決める顔が　歪んで
向こうのほうに立っている

塔を　指さすことが　できない

うっすらとした花影に
血と泥にまみれた喉　腕　肩
がみえる
この優し気な景色は
みんな嘘で
　みんな嘘で　と

ほら　ほら
この　ここのところの
阿鼻叫喚が
お前には　見えないのか
　見えないのか

叫びながら　桜の木の下から
走ってくる兵士たちがいて
血だるまになる子らがいて
それらが　みんな私を
指さしていう
おまえは
なにを　しているのだと

4という数字は嫌い
9という数字も嫌い

比喩ではなく
崩れかけた　花の

中心にむかって
眼をこらせ
　眼をこらせ

この頃

こんなふうに
生きているのは　怖い
死ぬのは　もっと怖い
タスケテ
と　女友達が　私に言った

答えられずに　よろめいて
私は壁で
我が身を支える

寄り掛かる　壁は漆喰で
触り続けていると
指に伝わってくる　りんごの丸みのようなもの
たわんでゆく壁を　触って
どうにか　息をして

こもりがちな日々に　顔のないあなたを待つ　あふ　あふ　あう
地面の割れ目に沿って　少し　草が生えている
匂いも　後からついてくる

りんごの赤の中に　しのび込んで　あふ　あう　逢う

ここは終着駅でもなく

出発の場所でもなく
ましてや　約束の地でもない

なんだか　ぼんやりとした地所だ
白っぽい幾人ものひとが
のっぺり歩いているのが
見えるが
それも　はっきりとはしない

たまりかねて窓の向こうに
眼をやると
チシャ猫が
にゃっと　笑って
こちらをみつめていた

ナニシテイルノカ？　オマエハ

笑い水仙が　ひともと
群れて　咲いて
明るんで

訪れる

長い間　訪れなかった墓地に
今日　久しぶりに　行く

昨日の夜
反射する光が眩しくて　幹線道路を
逆走してしまったから

不思議だ
幾台もの対向する車に　何故ぶつからなかったのか

それを確かめたくて　ここに

光の芯が
私を射た
白くて　大きくて

戻れないところに
踏み込んでしまった　と思った

墓地には
乾いた花が　うず高く積み上げられている
静かに
　静かに
誰からも顧みられずに

手を
墓石に
擦りつけた　強く
何度も　何度でも

まだらに
血が滲んできたので
まだ　生きているのだと
やっと　思えた

還る場所

小雨そぼ降る夜に
あの子は
もう　死んだっていいよう
いつ　死んだっていいよう
甘い梨をくれないなら　と
泣くのであった

このあいだ

あの子に聞かれた
わたしの魂はどこから　来たの
魂という言葉を知っていたとは

魂って　出発する場所があるのだろうか

考えているうちに
雲のあいまから
光が　さしこんできて
あの子は
どこかに行ってしまった

死んでしまうなんて

言われるくらいなら
甘い梨なんて
いくらでも　くれてやればよかった
あの子のいなくなった
隙間をみつめて

私《わたくし》　はつぶやく
あの子に歌ってやった唄は
どこに消えたのだろう

湖の面
川の面
海の面
ぶつぶつと

水の跡をつけながら
霙のように　落ちていったのか

魚住期《うおずみき》

はつなつ
光る空のあちこちに
住む　透明な魚
光は　閉じ込めることができるのか

風で捲れた葉裏に
文字が書きこまれている
あわてて
読もうとすると

黒い　小さな点に変わった
斑猫が草叢を
通り抜けていく

葉裏の　手紙は読めなかった
魚が住む　空にも
追いつけなかった

空の夥しい魚は
浮きながら
遠くのほうに　流れる
眼で追う私の頬は
塩辛い水滴で　びしょ濡れだ
あの遠い彼方に　母は　いるのだろうか

光は　どうすれば
閉じ込めることができたのだろう

夢淵

昨日は　西から　ぬくい風が
吹いてきたのに
今日は　足元から凍える
季節が　さだまらないのは
何のせいだろう

海辺近くの　曇天から
一瞬　光がさしてきて
見あげると

たちまち　痩身が動揺する

心細く　櫓の声*を　聴いたのは
いつのことだったのか
波の欠片が　散らばり
散らばりながら
胸を　刺すように　濡らす

米をすくう　水をすくう

いれかわり　たちかわり
人が来て
立ち竦む耳もとで　ささやく
おまえは　まだ　生きているつもりかと

米をすくう　水をすくう

遠くまで行って　戻ってきた
そのことを覚えているか

秋明菊
秋明菊
花を散らし　波を散らし
進むことは　後退すること

従兄のこうちゃん
思ったより　早く逝ってしまったね

夢の淵に立つあなたに
届ける切っ先は
乾いた花　痛い波の欠片より
このたったひとつの　迷妄か

＊櫓の声波を打て　腸《はらわた》凍る　夜や涙　　松尾芭蕉

回廊めぐり

回廊をめぐって
あの人に　あいにいく
あの人は　きっと　死の淵で待っている筈だ
赤い壁の亀裂から
白い血が　流れている
曇天を飛ぶ鷗が　女の記憶を啄む
牡蠣殻がへばりつく柱に
支えられた突き当たりまで
追いかけて

追いつめて

女はいつも　夕方近くになると　足がもぞもぞとし　首のあたりに普段からあるかゆみが　一層強くなり　崖から　落ちていく感覚がしだした　水滴を払う仕草で　振り向くと　確かに先ほどまでいると思った　客の姿がない　客はあの人の消息を知っていると言っていたのに　客の座っていた椅子は微かに　濡れており　その水の模様は　廊下から手摺を越えて滴り　後は　海に続いていた

女の夢には　融通無碍の人々が現れて　がやがやと動きまわり　いつの間にか　いなくなるのが常だった　眠りから覚めた後は　たいてい　置いてけぼりをくったような気持ちになった

女は壁の前に立ち　一切を見ていた　ただあの人のことだけがわからない　あの客はどこに行ったのだろうか

女は一切を見ていた

何もかもが過ぎていくのを
遠くの道の果てに
布裂が舞い
それが　見えなくなるのを

指がもつれるように　動く　いないということは　死んだということと　同じでは
なく　同じではなくと　女は回廊の突端で　客がここから　飛び降りたのだろうか
と　のぞき込む　波が打ち寄せて　ひとけはなく　不穏な思いが　胸を噛む　あの
人は　いなくなることで　私に　復讐したのだろうか　私たちはとっくに別れていた
のだろうか　最初から出会ってなど　いなかったのだろうか　それとも

緑内障のため　見えづらくなった眼を
みひらいて
視界の

遠くに
少し遠くに
女は　人影のようなものを　見る
何かの　合図のようなものを　見る

あとがき

今、いる場所が、自分が本来在るところとは思えない。もっと別の息のしやすい、殺戮や侵攻やパンデミックのない地平、そこにいたいという希求にかられて、これらの詩篇を書いた。

その場所は確かに在るとは断言できないものの、郷愁のように懐かしく、本来在ったものとして、私の脳や細胞や遺伝子に刻まれている。無記名のきみやぼくもそこにはいて、みつめあい・抱きあうという行為で、お互いを確かめあい・損ないあっている。その傷でさえも在るということの証だ。

詩として表す際に、それらをとりこぼしてしまうのではないか、独りよがりになっていはしまいかという葛藤と疑念を感じつつ、見えない大きなものの手に導かれ、どうにか一冊のかたちに纏めることができた。

この詩集を出版するに際し、様々なひとにおちからをいただきました。心よりお礼申しあげます。

二〇二三　夏

北條裕子

北條裕子

一九七一年　詩集『形象』（母岩社）
一九七七年　詩集『水蛇』（言葉の会）
二〇一四年　詩集『花眼』（思潮社　第五十四回中日詩賞）
二〇十八年　詩集『補陀落まで』（思潮社　第十四回北陸現代詩人賞）

詩誌「木立ち」同人
日本現代詩人会・中日詩人会・福井ふるさと詩人クラブ・各会員
日本現代詩歌文学館評議員

現住所　〒九一三―〇〇四五　福井県坂井市三国町南本町二の四の二十一

半《はん》世《せ》界《かい》の

著者
北《ほう》條《じょう》裕《ひろ》子《こ》

発行者
小田啓之

発行所
株式会社 思潮社
〒一六二―〇八四二　東京都新宿区市谷砂土原町三―十五
電話 〇三（五八〇五）七五〇一（営業）
　〇三（三二六七）八一四一（編集）

印刷・製本
創栄図書印刷株式会社

発行日
二〇二三年七月十五日